El Niño Escarabajo

Inspirado en el libro de Franz Kafka La Metamorfosis

Lawrence David Ilustraciones de Delphine Durand

EDICIONES OBELISCO

EDICIONES OBELISCO

El niño escarabajo
Lawrence David – Delphine Durand

1ª edición: octubre de 2000

Diseño: Erika Meltzer O'Rourke
Traducción: Verónica d'Ornellas
© 1999 by Lawrence David (por el texto)
© 1999 by Delphine Durand (por las ilustraciones)
Publicado por acuerdo con Bantam Doubleday Dell Publishing Group, Inc.
© 2000 by Ediciones Obelisco, S.L. (Reservados todos los derechos
para la presente edición)
Edita: Ediciones Obelisco, S.L.
Pere IV, 78 (Edif. Pedro IV) 4ª planta 5ª puerta.
08005 Barcelona – España Tel. (93) 309 85 25
Fax (93) 309 85 23
Castillo, 540, Tel. y Fax. 541-14-771 43 82
1414 Buenos Aires (Argentina)
E-mail: obelisco@airtel.net y obelisco@website.es
Depósito Legal: B-37.532-2000
ISBN: 84-7720-794-1

Printed in Spain
Impreso en España en los talleres gráficos de Fàbrica Gràfica.
Arquímedes, 19. Sant Adrià de Besòs (Barcelona)

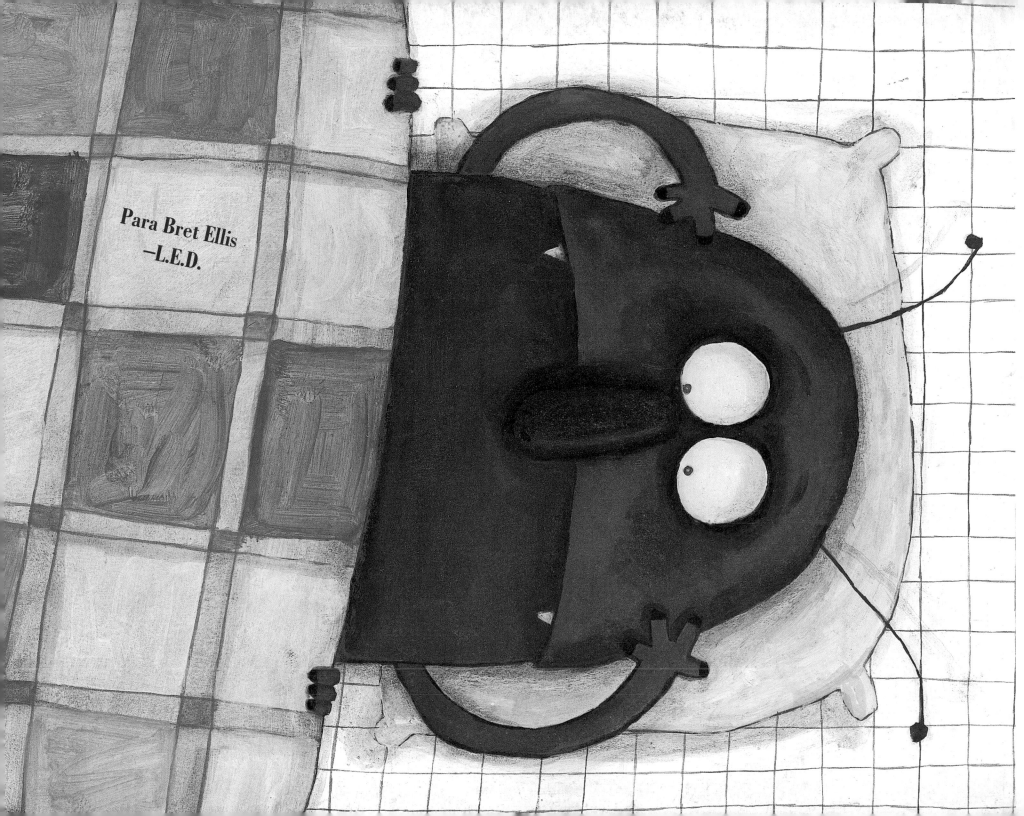

Para Bret Ellis
—L.E.D.

Gregorio Sampson se despertó una mañana y descubrió que se había convertido en un escarabajo gigante.

Se miró en el espejo que había detrás de la puerta de su habitación.

Tenía un ancho cuerpo de escarabajo de color marrón rojizo, dos grandes y negros ojos de escarabajo, dos largas antenas de escarabajo y seis largas, delgadas y peludas patas de escarabajo. A Gregorio nunca le había pasado nada parecido.

—¡Gregorio! ¡Vístete y baja a desayunar! —le llamó su padre.

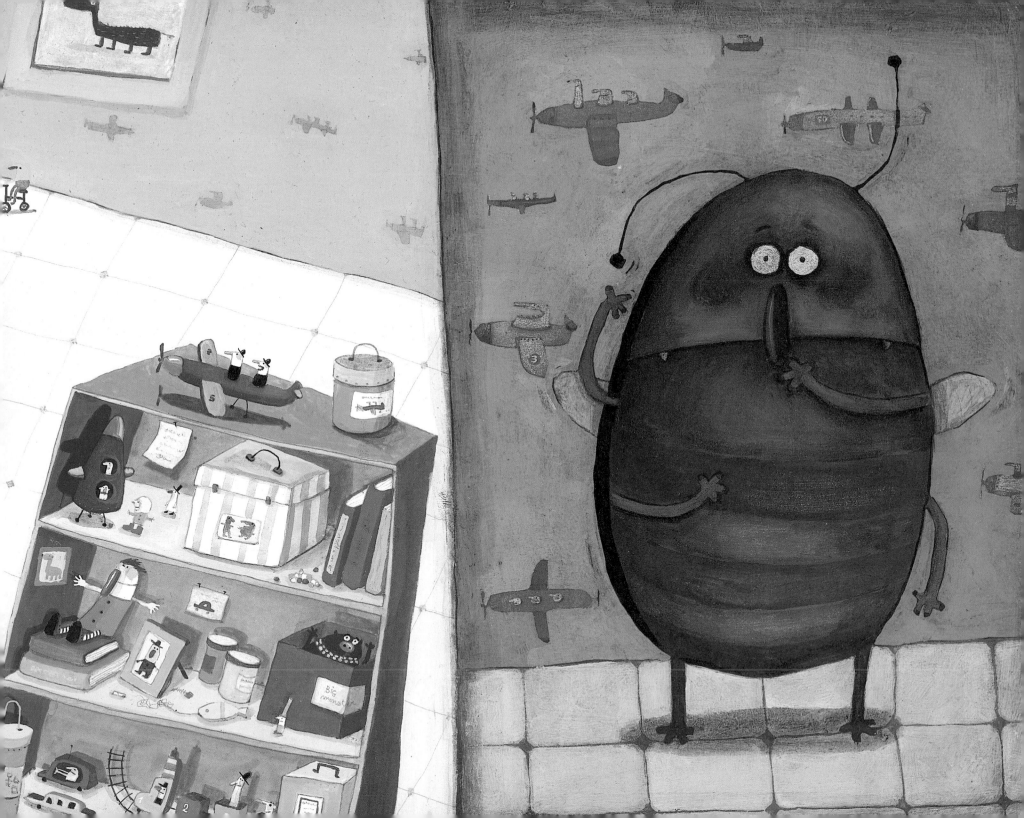

Gregorio se sacudió las seis patas y echó a correr hacia el cuarto de baño. Sus uñas de escarabajo repicaban contra las baldosas del suelo. Gregorio se lavó la cara y se cepilló los largos y puntiagudos colmillos que sobresalían de su boca. Cuando se miró en el espejo del lavabo, se asustó de sí mismo. Sí, aún era un escarabajo.

Gregorio no había visto nunca un bicho que llevara ropa, pues la mayoría de insectos no tienen que vestirse para ir a la escuela. Revolvió su armario y sacó un jersey muy ancho y unos pantalones de cintura elástica. No tuvo demasiados problemas para ponerse los pantalones, pero el jersey sólo tenía dos mangas. ¡Claro!, se supone que los chicos que van a la escuela no tienen seis patas, sino dos brazos. Gregorio hizo dos agujeros más en el jersey para sus dos nuevos brazos… ¿o eran patas?

—¡Gregorio! —gritó su madre—. ¡Date prisa, por favor!

Gregorio bajó las escaleras rápidamente; su enorme cuerpo iba dando botes de la pared a la barandilla y de la barandilla a la pared. En el último escalón, dio un paso en falso y cayó sobre su caparazón de escarabajo. Estuvo pataleando durante un buen rato, pero no conseguía incorporarse. Finalmente, pudo alcanzar la barandilla y ponerse de pie. ¡Por fin sus extremidades volvían a tocar el suelo!

Cuando Gregorio entró en la cocina, nadie se fijó en él. Su padre estaba de espaldas, preparando los bocadillos que Gregorio y su hermana pequeña, Catalina, se iban a llevar a la escuela. Su madre leía el periódico sentada a la mesa y su hermana estaba bebiendo un zumo de naranja. Catalina ya debía de haber terminado el desayuno, pues en su plato sólo quedaban algunas migas de pan y restos de mermelada.

Gregorio se subió a la silla y empezó a comer una galleta de chocolate. «Mamá, papá, Catalina —dijo—, me he convertido en un bicho. Miradme: soy un escarabajo gigante.»

Papá cerró las cajas en las que Gregorio y su hermana se llevaban los bocadillos a la escuela y le dijo a Gregorio, sonriendo: «Sí, y yo soy un hipopótamo».

Gregorio movió una de sus patas: «Lo digo en serio, papá: soy un bicho, ¿no lo ves? ¿Qué vamos a hacer ahora?».
Mamá respondió sin apartar la vista del periódico: «Tú siempre has sido nuestro bichejo».

Catalina arrugó la nariz: «Ayer dijiste que querías ser astronauta». Cogió una galleta del plato de Gregorio y, mientras se la comía, le preguntó a su hermano: «¿Tú crees que a los bichos les gustan las galletas de chocolate?».

Soy un escarabajo

—¿Cómo puedo volver a ser como antes? —le preguntó Gregorio a su madre—. ¿Esto te había pasado alguna vez cuando eras pequeño? —le preguntó a su padre.

—Ya hablaremos de esto cuando volváis de la escuela —le contestó su madre—. Ahora tenéis que coger el autobús.

Papá acompañó a Catalina y a Gregorio hasta la puerta y les dio los bocadillos y las carteras.

—¿Los escarabajos pueden ser astronautas? —le preguntó Gregorio a su padre.

Papá se rió y le dio una palmadita a su hijo en el caparazón.

Gregorio se miró de nuevo en el espejo del recibidor. Sí, aún era un bicho. ¿Es que nadie se daba cuenta?

Gregorio y Catalina fueron andando hasta la parada del autobús. Gregorio pensó que era más fácil llevar la cartera y la caja de los bocadillos cuando se tienen cuatro brazos. Si dos se cansan de llevar la carga, ésta pasa a los otros dos. Se ofreció para llevar también la cartera y el bocadillo de Catalina.

—¿Cómo? ¡Pero si tú ya tienes las dos manos ocupadas! —dijo observando a su hermano mayor.

Gregorio tocó a su hermana con una antena: «¿De verdad no puedes ver que soy un escarabajo?». Pero Catalina ya no le prestaba atención, pues se había encontrado con unos amigos y se había puesto a jugar con ellos.

Nadie en la parada del autobús se fijó en Gregorio. De pie en la acera, miraba atentamente el suelo: no quería pisar a ninguno de los animalitos que corrían alrededor de sus patas. Quizá ahora eran ellos sus hermanos y hermanas o corrían por allí abajo sus nuevos papás.

En el autobús escolar, Gregorio caminó por el pasillo hasta encontrarse delante del asiento en el que estaba su mejor amigo, Miguel. Miguel vio la caja del bocadillo en aquellas grandes manos de insecto y vio también la cartera colgada del fuerte y ancho caparazón de escarabajo. Los ojos de Miguel se llenaron de lágrimas: «¿Qué le has hecho a Gregorio? —le preguntó, en voz muy baja—.

¿Dónde está mi amigo?».

Gregorio pasó cuidadosamente por delante de Miguel y se sentó en el lado de la ventana: «Miguel, soy yo —dijo Gregorio tranquilamente—. Me he levantado así y nadie, excepto tú, lo ha notado. ¿Qué puedo hacer?».

Miguel observó a su amigo más de cerca:

—¿Cómo ha ocurrido?

—No lo sé.

—¿Te duele?

—No.

—¿Quieres que vayamos al médico? Quizá en una farmacia tengan algún jarabe que te cure. Incluso puede que nuestra profesora pueda ayudarte...

—¿Tú crees que la profesora ha tenido alguna vez un alumno que sea un escarabajo? —preguntó Gregorio—. Yo creo que no. Miguel apartó los ojos de su amigo escarabajo.

—Seguro que no, pero una vez vio a Mónica Bravo con un lápiz pegado en la nariz. Y no era nada agradable.

El autobús llegó a la escuela. Los niños bajaron las escaleras corriendo, gritando y riendo. Por el camino, se iban encontrando con sus amigos.

—¿Y si vamos a la biblioteca? —preguntó Miguel—. Tal vez allí encontremos un libro sobre escarabajos. Así sabremos qué tipo de escarabajo eres. ¿Crees que eso puede ayudarte?

—Quizá —contestó Gregorio—. Si voy a ser un escarabajo, supongo que es mejor saber de qué tipo.

Los dos amigos entraron en el patio de la escuela. Nadie miraba a Gregorio. Nadie prestaba atención al hecho de que fuera un bicho.

—Oye, Miguel, ¿y si he sido siempre un bicho, nadie se ha enterado aún y yo no me he dado cuenta hasta esta mañana?

—Yo me habría dado cuenta —dijo Miguel.

—¿Estás seguro? —preguntó Gregorio.

En clase, la señorita Dolores preguntó cuál era el resultado de dos por tres.

—¡Seis! —gritó Gregorio.

—Ven aquí y muéstranos la operación en la pizarra —le ordenó la señorita Dolores.

Gregorio dibujó un cuerpo ovalado de escarabajo con seis patas, tres en cada lado.

—Dos veces tres hacen seis —explicó.

—¡Muy bien! —dijo la señorita Dolores.

—¡No es justo! —le comentó Miguel a su amigo—. Sólo has tenido que pensar en tus patas.

En la clase de gimnasia, los niños echaron un partido de fútbol. Miguel era el portero. Gregorio atravesó todo el campo, levantó el balón por encima de su caparazón y luego hizo un potente remate con una antena. El balón pasó por encima de la cabeza de Miguel y entró en la portería.

—¡Gol! —gritó Gregorio.

—¡No vale! —exclamó Miguel—. ¡Nadie ha dicho que pudieras usar tus antenas!

Durante la última clase del día, la señorita Dolores llevó a los niños a la biblioteca.

Gregorio se dirigió a una estantería en la que había una enciclopedia y cogió el tomo que llevaba la «B» de «Bicho». Miguel escogió un libro sobre insectos. Los dos amigos se sentaron y empezaron a observar las fotografías.

—Nunca imaginé que hubiera tantos tipos de bichos —dijo Gregorio.

—Me alegro de que tú seas el único bicho grande —contestó Miguel—. Imagina por un momento que todos los bichos fueran tan grandes como tú.

Entonces, Miguel puso el libro delante de Gregorio: «¡Espera! ¡Mira esto!», exclamó Miguel.

—¡Silencio! —dijo la bibliotecaria.

—¿Qué tengo que mirar? —preguntó Gregorio.

Miguel señaló una ilustración que había en la página seis. Parecía el retrato de Gregorio, sólo que sin jersey ni pantalones.

—*Carabus problematicus* —leyó Gregorio— o escarabajo terrestre.
Se lamió una pata y después se frotó una antena.

   —Hummm...

   —¿En qué estás pensando? —preguntó Miguel.

   Gregorio se rió. —Tiene mucha gracia ver mi fotografía y mi nombre.
¿Puedo llevarme el libro?

   —¡Claro! —contestó Miguel—. Lo he cogido para ti.

   —Es hora de irnos, niños —anunció la señorita Dolores.

   Gregorio colocó su fotografía ante los ojos de la profesora. La
señorita Dolores hizo una mueca: «¡Uf! ¡Qué bicho!».

   —¿Crees que se parece a mí? —le preguntó a la
profesora.

   La señorita Dolores se rió.

   —Nunca pensé que fueras un chico tan bobo
—contestó ella.

Los dos amigos cogieron el autobús escolar para volver a casa. Nadie le dijo a Gregorio que se había convertido en escarabajo: ni el conductor, ni la cocinera de la escuela, ni la profesora, ni ninguno de los otros chicos; ni siquiera sus padres o su hermana. Sólo Miguel se había dado cuenta.

—¿Por qué nadie puede ver que soy un escarabajo terrestre? —preguntó Gregorio a su amigo—. ¿Es que da igual que sea un niño o un escarabajo? ¿A nadie le preocupa?

—A mí me preocupa —contestó Miguel—. No me da igual. Yo creo que las personas deben ser personas y que los escarabajos deben ser escarabajos. No entiendo que pueda haber escarabajos personas y personas escarabajos. Se supone que las cosas no son así. —Movió la cabeza—. No sé por qué te han hecho esto.

—Ni yo tampoco —respondió Gregorio con tristeza.

—¿Sabes cómo puedes volver a ser tú? —preguntó Miguel.

—No tengo ni idea. No es tan malo ser un escarabajo, pero yo prefiero ser una persona.

En la parada del autobús, Catalina señaló a su hermano mientras le decía a su mejor amiga:

—Se cree que es un escarabajo.

Y las dos niñas rieron y se pusieron a jugar.

Gregorio llegó a su casa. Su madre estaba cortando zanahorias para la ensalada y hablando por teléfono a la vez. Le dijo hola a su hijo.

—Mamá —le comentó Gregorio—. Todavía soy un escarabajo.

—Muy bien, cariño; ve a jugar. —Y cogió una zanahoria.

Gregorio subió a su habitación y cerró la puerta. Tenía ganas de llorar, pero en vez de eso trepó por la pared y caminó por el techo. Se quedó ahí colgado y contempló cabeza abajo su habitación.

Las horas pasaron.

A través de la ventana, miró la puesta de sol. Parecía que estuviera amaneciendo.

—¡Gregorio, a cenar! —le llamó su padre.

Gregorio no quería bajarse del techo.

—¡Gregorio, a cenar! —gritó su madre.

Gregorio no quería bajarse del techo.

Alguien llamó a la puerta de su habitación.

—Adelante —dijo Gregorio.

El padre de Gregorio entró: «La cena está lista. ¿Dónde estás? Venga, deja ya de jugar —dijo un poco enfadado».

—Estoy aquí arriba —dijo Gregorio.

Su padre miró hacia el techo y vio un gran escarabajo marrón rojizo que le estaba observando.

—¿Gregorio? —preguntó—. ¿De dónde has sacado ese disfraz?

—No es ningún disfraz; soy yo. Soy un bicho. He sido un bicho durante todo el día y nadie se ha dado cuenta, excepto Miguel.

La madre de Gregorio y Catalina entraron en la habitación.

—¿Qué pasa? —preguntó mamá.

—¿Dónde está Gregorio?

—preguntó Catalina.

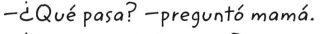

Papá señaló el techo y toda la familia de Gregorio siguió el dedo con la vista. Nadie dijo nada porque estaban tan sorprendidos que se habían quedado sin palabras. Gregorio estaba allí, colgado del techo como una lámpara.

—Yo nunca quise ser un bicho —explicó Gregorio—. Esto me ha ocurrido por la mañana, y luego...

Y rompió a llorar. Grandes lágrimas de escarabajo salpicaron todo el suelo.

—Bájate de ahí... —dijo mamá.

—...por favor —dijo papá.

—¿Me vais a castigar? —preguntó Gregorio—. ¿Me vais a pisar, como hacéis con los bichos del jardín?

—¡Claro que no! —dijo papá.

—¡Por supuesto que no! —aseguró mamá.

—Y tú, ¿nos vas a picar? —preguntó Catalina.

Gregorio alargó las antenas hacia su hermana. —No, nunca he tenido un aguijón. Y aunque lo tuviera, no os picaría.

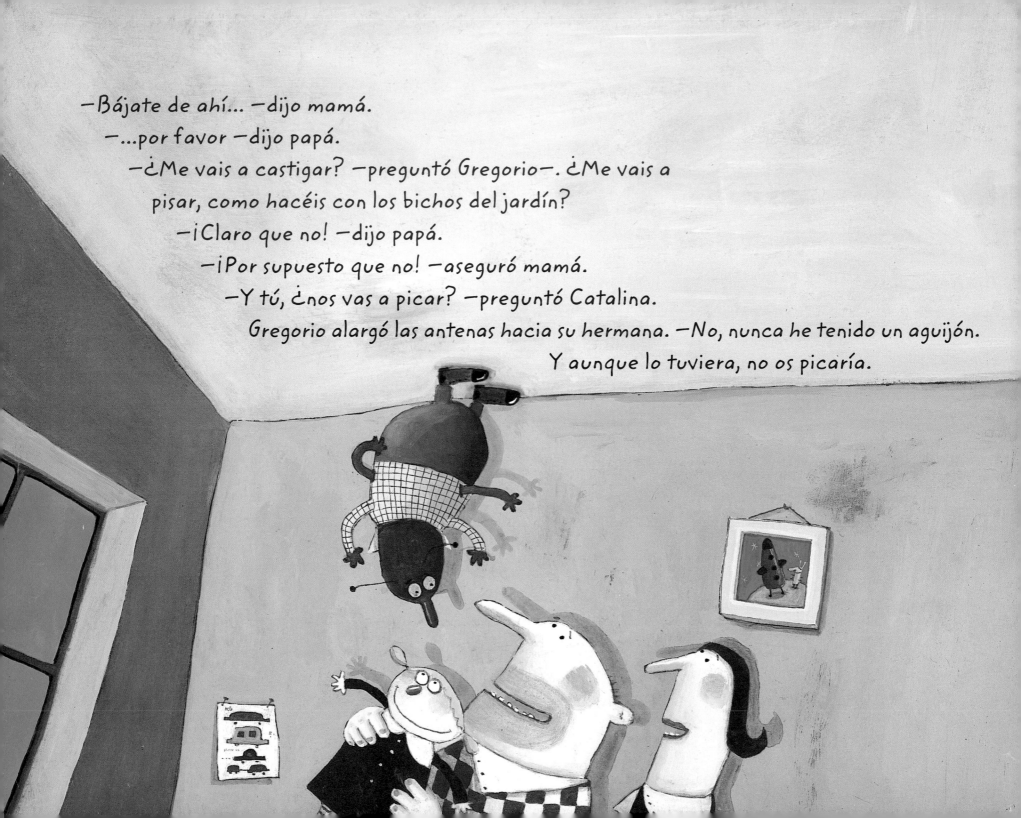

—Baja, cariño —dijo mamá.

Lentamente, Gregorio se puso a caminar por el techo y por las paredes hasta que llegó al suelo.

Su familia le dio un abrazo. Sus padres le besaron en su cabeza de escarabajo. Catalina se negó:

—Soy demasiado joven para besar a un bicho —dijo—. Y, además, tengo los labios cortados.

—No importa —contestó Gregorio.

—Siento mucho no haberme dado cuenta —dijo papá.

—Siento mucho no haberte escuchado —dijo mamá.

—¿Qué se siente al ser un bicho? —preguntó Catalina—. ¿Quieres ser mi mascota?

Gregorio se deslizó hasta su cama y se tapó las seis patas con las sábanas.

—Me voy a dormir. He estado colgado del techo toda la tarde y estoy muy cansado. Ser un escarabajo no es tan fácil como parece.

Mamá y papá le dieron cada uno un beso de buenas noches.

—¿Me querréis aunque sea un escarabajo? —preguntó Gregorio.

—Nosotros siempre te querremos… —le contestó papá.

—…Seas niño o seas bicho —añadió su madre.

La familia de Gregorio salió de la habitación y Gregorio cayó rápidamente en un profundo sueño.

Cuando Gregorio Sampson despertó a la mañana siguiente, descubrió que ya no era un escarabajo. Estiró los brazos y las piernas y saltó de la cama. Se vistió y se colocó ante el espejo que había detrás de la puerta de su habitación.

—No, ya no soy un escarabajo.

Gregorio sonrió. Sabía que su familia se alegraría mucho de que volviera a ser un niño, y pensó que Miguel también lo haría.

Gregorio descorrió la cortina de la ventana y contempló un insecto que trepaba por el cristal. «Deberías haber venido ayer —le dijo a aquel bichejo—. Podría haber jugado contigo». Gregorio estaba tan contento que gritó de alegría y dio un gran salto en el aire. «¡Hurra! —exclamó.» Bajó corriendo las escaleras para que su familia pudiera ver a su hijito.

El día escarabajo de Gregorio Sampson había terminado.